무서운 이순 씨

시와반시 기획시인선 006

무서운 이순 씨

김효연 시집

시와반시

| 차례 |

제4부

| 제1부 |

깍두기는 쓴다

나를 썰지 깍둑깍둑
식물적인 습관은 다 버려야 해

먼저 뒤통수치는 거야 숟가락 빼앗는 거야
손아귀 벗어나지 못하게 수북이 세력 쌓는 거야

깍둑깍둑 나를 쓰지
단단하게 참회하듯 변명처럼 하얗게
음모와 배신을 숨긴 채

온순한 숙녀가 되거나
힘센 조직원으로 변하거나

집중하여 모난 본성을 썰지 깍둑깍둑
희화된 본성을 깍둑깍둑 쓰지

꿈꾸는 문신

일찍 담배를 나눠 빨며 주먹부터 키운 그 녀석
한자도 기타도 아닌 용 한 마리 속성으로 새겼는데
불법시술인지 사용 부족 탓인지
목덜미 집어넣고 꼬리 숨기고 다니는 꼬락서니
조폭 아니면 양아치라도 되어야지
어린 딸과 눈 멀어가는 조모 곁에서
치매 노인에게 멱살 잡혀가며 두 손 포개는
용의 계보를 생각한다면 그럴 수 없어
속옷을 뒤져서라도 꼬투리 털어보려는
이웃의 호기심을 저버리지 않는다면 더욱
매연 뿜는 트럭에 만물 싣고 담벼락에 전 펴는
잡동사니 그 속엔
투박스런 식칼부터 과도, 돋보기까지
검지로 칼날의 먼지를 슬쩍 닦아보는데
권태롭던 시간이 꿈틀,
냄비를 고르던 여자가 옴찔,
앉은뱅이 거울이 겁도 없이 집요하게

사내의 티셔츠를 끌어당겨 안을 보려는

언젠가 날아오를 그날

지금 문신은 꿈꾸는 중

하자

삼각 꽃무늬 팬티를 뒤집어쓰고 사내가 낄낄대자

오래전 여자가 엿 먹이고 사라지자

거울이 산산조각 나자

술병이 고꾸라지고

병조각이 귀를 후벼 파자

사방 벽이 치를 떨며 웃자

시들어 말라가는 오이를 꺾어 화분에 심자

물을 주며 살짝 기분 전환하자

구석에 웅크린 어린 인형이 씰룩이자

가위가 입을 벌리자

호스가 피투성이가 되자

웃자라는 팔다리와 생각을 스타카토하자

인형의 '절규'가 상영되자

삼각 꽃 모자를 벗어던지자

오늘 공연은 끝이 나자

관객은 늘 새롭고 짜릿한 걸 원하자

이제 커튼을 열고 더 이상 바닥에 닿지 말자

라스베가스행 비행기를 타자

판타스틱하자

푸른 뱀

낯선 곳에서 푸른 뱀을 만나다. 그리 찾아 헤매
던 저 길고 긴 서정. 잉크병에 담아 푸른 눈물이 날
만큼 쳐다보다가 펜을 쿡쿡 찍어 문신으로 가슴에
새겨 넣을래. 주홍글씨

나는 안데스를 기어 태양의 도시에서 온 분홍 뱀.
세기가 수없이 지나가도 통증의 종족은 늘어나고
일어서 걷고 싶을 땐 늘 마술쇼를 구경하러 가지.

여기 태양은 지나치게 유쾌해. 어떤 날은 콜타르
를 쏟아내면서도 간지럼 타듯 웃고 있네. 내가 늘
분홍 옷만 입고 다니듯.

맹렬히 똬리 튼 푸른 뱀은 이제 서정이 아니다.
지하로 내려가 바다로 가려는 저것은 아픔을 잊은
통점이다. 가학적이고 불온한 장미꽃 슬립을 입혀
퍼런 등뼈가 환해지도록 핥아줄래. 독을 나눠 갖지

않아도 눈들이 멀었다고 손가락질 받을래.

천장을 열어 붙박이별이 움직이기를 바랐지만 볼 수 없는 현재만 반짝거려. 차디찬 혓바닥이 너 덜대며 서로를 통과하는 순간, 누구냐고 가장 힘들 때 어떻게 알아보면 되겠냐고 묻기도 전에 미래는 가고 있다.

뼈에 붙은 외로움을 어떻게 만지는지, 가난을 무 슨 수로 간 볼 수 있는지. 등을 맞대며 웃고 있는 두 개의 허물들.

로마의 휴일

　동해남부선 무궁화를 타고 낮과 밤 몇 바퀴를 돌
아야 로마에 도착할 수 있을까 철길 옆에 붙은 구
두수선가게 안에서 오드리 헵번이 활짝 웃고 있다
게딱지만한 공간에 지쳐 들어왔다가 경쾌하게 나
가는 구두들이 신기하고 재밌다는 듯

　구두를 제치고 그림 걸어둔 그곳에서 붓을 들고
있는 구두수선공이랑 눈이 맞았거든 조잡스런 나
무 삼각대에서 도화지는 흔들렸다 붉어졌다 구겨
진 표정이 없어 보이고 쪽팔렸지 철길 초소가 있는
낯선 동네에 보따리를 풀었을 때 그 기분, 구두 밑
창을 마지막으로 한 번 더 살려보겠다고 용을 쓰는
몰락한 신분 같은 거

　붓질하던 새까만 손톱이 해진 구두를 감싸 쥐고
선 그림 이야기를 늘려가다 오페라를 즐기는 취향
까지 말하더군 어쩌면 그는 밤마다 무대에 올라 화

가 대역을 하는지도 몰라 코가 시린 단칸방에서
'공주는 잠 못 이루고'를 듣고 있는 것도 허영스럽
고 기막히지 않아

'집안 사정으로 당분간 쉽니다'

당분간은 여름방학쯤 시작해서 겨울방학이 다가
오는데도 쉬고 있다 새시 문에 붙어있던 종이마저
더는 못 기다리고 자취를 감추었다, 지나다닐 때마
다 문 밑으로 검은 눈물이, 오드리 헵번의 흐느낌
이 발목을 붙잡아

조금만 더 기다려줘 곧, 드르르륵 문 올라가는
소리 들리고 그레고리 펙이고 싶은 그가 나타나서
로마행 티켓을 보여줄 거야

나도 조만간, 가려고 해

분유

트림을 하는데 에헤헤헤헤 웃음소리가 나왔어
놀라 다시 해보는데 헤에헤헤헤헤, 아주 천진난만
하게 트림을 꿀꺽 삼켰어 입 안에 모래알갱이가 고
였어 퉤퉤 뱉어낼수록 목구멍에서 줄줄 흘러나오
는 모래 눈 감고 수면제랑 같이 삼켜버렸어 딱히
이유도 못 대면서 꼭 가보고 싶었던 사막

그 길을 혹처럼 부른 배를 안고 헐떡이며 걷는데
웬 낙타 한 마리 따라 왔어 흘깃 돌아보는데 무슨
저런 눈빛이 다 있담 슬픔이 눈동자를 다 먹어버렸
는지 앞이 보이지 않는 눈으로 순간 퉁퉁 분 젖꼭
지를 내 똥구멍에 마구 찔러 넣는 거였어 악을 쓰
며 밀어내느라 진통이 시작된 줄도 몰랐어

분유를 숨겨 나오다 들킨 엄마가 있었어
2개월 된 아기 엄마는
삼킬 것도 뱉을 것도 밀어낼 것도 없었어

얼룩말의 시간

걸어오는 당신은 야구모자입니까
끌려오는 나는 선글라스입니까
손을 숨긴 당신은 도마뱀입니까
당신 손을 잡고 싶은 나는 요강꽃입니까
왼 잎 돋아나는 당신은 시들었습니까
오른 줄기 바싹 마른 나는 무성합니까
버럭 화내는 나이프를 찾는 당신은 채식에 가깝
습니까
움찔 놀라는 과일을 안고 있는 나는 육식에 가깝
습니까

당신은 끌려오는 하양입니다
나는 걸어오는 검정입니다
당신은 내 손을 잡고 싶은 부끄러움입니다
나는 당신 손을 숨긴 뻔뻔함입니다
시든 당신은 여름이고 무성한 나는 겨울입니다
나는 버럭 화내고 당신은 움찔 놀랍니다

지금 당신과 나는 얼룩말입니까

공손한 유언

꽃밭에서 주검을 꺼냅니다 개미 떼, 구더기 떼
조그만 목숨들이 우왕좌왕입니다 아침 숟가락을
들다 날벼락 맞은 거지요 진홍 철쭉들은 마악 벌어
지려는 입에 안간힘을 물어 버티고 있습니다 일회
용 비닐장갑이 신문지를 깔고 마른 생선 같은 고양
이를 뉘입니다 한 끼 밥을 위해 조문 온 벌레들을
조심스레 털어내는 손이 중얼거립니다 사실은 무
섭고 떨려서 몇 날을 그냥 눈 감고 지나갔다고...
숨을 거두기까지는 또 몇 밤의 두려움이 넘어 갔을
까요 그러면서 두 손 두 발 가지런히 포갠 저 공손
한 자세는 일면식 없는 당신에게 미리 써둔 유언,
당신만 만질 수 있는 말이지요 귀중품인 듯 안고
가는 걸음은 어째서 또 엇박자입니다

A의 증세

사다리 올라가다 머리카락이 허공에 걸려
꼭대기 직전에서 뒷걸음치는 발
사다리를 타고 뭘 가지려 했지
가지기도 전에 겁먹은 손
담쟁이 커튼 드리워진 창문이 의심스러워
지붕 위 까마귀는 더욱 불길해
머릿속 사다리 들고 이리저리 허겁지겁
끝없이 쌓아가는 에펠탑은 언제 넘어가나

가랑이 벌리는데 우아한 지퍼가
함부로 아무데서나 이를 앙다물어
고전적으로
활달한 치마를 입었다 던졌다
그걸 벌려 뭘 찾으려 했지
냄새나는 가랑이 거꾸로 처박지도 못하면서
아무데나 널려 있는 교양은 의뭉스러워
생리대가 두근두근 꺼림칙해

머릿속 가랑이 들고 벌렸다 오므렸다 헐레벌떡
좀스런 삼각팬티는 언제 바로 세우나

착착 접어둔 사다리
꾹꾹 눌러 넣은 가랑이
어떤 명의도 머릿속에서 끄집어낼 수 없는
A의 증세

엄살

가정법원을 나와 횡단보도를 건너가는 서류의
감정들은
기차레일처럼 완고한 걸까

동사무소를 나와 걸어가는 신발 한 짝들은
집을 잘 찾아갈 수 있을까

잠 못 이루는 밤에 떠올린다며 보내온
한 장의 '비통'*를 열어보다
손수건 반 장에도 훨씬 못 미치는 그 속에는
까마귀마저 경건하구나
어린 양이여 벌떡 일어나라

그날 이후
아직도 집 밖에 서 있었구나 그대

남의 창문 아래서 술주정하지 않으리라

검은 립스틱을 지우리라
달을 벼려 귀에 걸지 않으리라

내게 더 이상 불면의 날은 없으리라

* 비통(Anguish), 독일 화가 아우구스트 프리드리히 알브레히
트 쉔크(August Friedrich Albrecht Schenck, 1828-1901).

와코루 로큰롤

일 년이란 짧지 않은 시간이야
그 사이 성급하게 피어나거나
불안하게 시들어 가는 유방들이 지하매장에 북
새통
강냉이 쌀 검정콩 뻥, 뻥 튀겨 와코루

일 년이란 그다지 길지 않은 세월이야
그 틈새 목소리를 갈아 끼우거나
주먹밥을 해치우고 무대 서서
늘어진 빤쓰 고무줄을 잡고 소리 질러
모두 질러 로큰롤

일 년을 기다려온 뱃살이 코르셋을 집어든 순간
마라톤 하프를 완주한 그런 표정으로
X에서 M, L에서 S로 거침없이 끌어내려
숨통이 닫히기 직전까지 와코루
항문이 열리기 전까지 로큰롤

일 년이고 이 년이고 김 여사는 기다리지 않은
'씨 없는 수박 김대중' 밴드공연
예매가 아무리 싸도 그녀의
경제관념은 굳건해 로큰롤

바구니엔 신나는 주말과 함께
모처럼 적극적인 자세로 팬티의 감정이 담기고
생기발랄한 카드는 BCBC 달아올라 와코루

오늘은 왠지 취하고 싶은 주말이에요 오빠* 로큰롤

오 비너스여 비너스를 벗고
늦기 전에 공연장으로 달려와요
더 살찌우기 전에 은밀한 의욕을 까발려요 와코루
우리 손잡고 죄 없는 색안경을 풀어줘요 로큰롤

* 김대중 노래

어쩌다 잡

잡년은 잡놈보다 어쩐지 더 세게 보이고
잡귀신은 잡어보다 좀 더 어리버리할 것 같고
잡상인은 잡생각을 한 번도 해보지 않은 사람일
테고
잡식과 잡소문은 눈이 맞아 돌아다니고
잡소리와 잡탕은 은근히 간이 맞아
잡꽃과 잡새는 사생아 티가 나고
잡과 붙으면 그 무엇도 무서울 게 없어

사내놈마다 건드려보고
교양머리 싹 밀어버리고
구린 돈을 털어 더 구리게 써보고
태극기에게 주먹감자도 먹여보고
갑들에게 만족도조사를 실시하고
잡과 한패 되면 아무 것도 문제없어

잡티 생기듯 어쩌다 잡이 된 잡것들

가운데 잡곡이 있고

잡지

잡시도

파란 11월

칭다오 맥주는 우리 사이에 있고 거품너머 너는 식어가네. 묵은 연인이 죽으면 객잔에 들자던 친구의 말이 빨리 다가오기 바라며 잔을 비우네. 청도는 가보지 못했지만 북경에서 칭다오를 마시던 때는 이마가 구슬만큼 새파랬네. 너 같은 걸 몇 개나 뻥뻥 찼는지 모르네. 담배 연기 사이로 스멀스멀 멀어지는 가늘고 기인 실뱀처럼 네 손가락은 이제 보이지 않네. 淸道를 지나갈 때는 새벽이었고 안개가 피어오르는데 우린 파랑새를 안고 웃고 있었네. 내 앞에는 칭다오 빈 맥주병이 엎어져 있고 네가 있던 자리에 비가 내려, 내 눈에서 파란 비가 흘러내려. 청도는 절대 가지 않으려고 잔을 뒤집네. 너를 따라 靑道가 가고 칭다오도 가고… 언제나 새 연인이 생기기를 기대하는 친구의 바람이 당장 이루어지기를 미처 말하기도 전에… 자정이 오고 새벽이 오네. 가고 오는 길이 끝없이 나란하네. '늦어도

11월에는' * 눈물이 멈출 것이네.

소리를 긁다

이 목소리는 살집이 통통한가요 성격이 깡마른
가요
여드름이 돋았나요

생에 우연이 없다면

당신은 검은 나라의 소리감별사
스물두 살까지는 입을 보았고
마흔일곱 살 지금은 목소리를 보고 있는 사람

죽어도 한쪽 눈은 감지 않겠다는 듯
움직이지 않는 눈동자 산 채로 박제되어
한 눈은 감아 마음속에 심어두고

크메르왕족인 그녀는 당신 눈이 되기 위해 신께
맹세하고 온 꽃띠 신부
여전히 당신이 멋지다는 그녀 목소리

보기 위해 왼눈 휘둥그레 뜨고 있죠

미팅 때 눈도 못 맞춘 숫기 없는 남자였다면서
여자에게 눈을 떼지 않고 수다 떨고 있는
당신은 목소리로 사람의 안팎을 다 보는
우주의 어둠을 다 가진 사람

천지를 다 덮고도 남을 적막 한 장으로
요술쟁이가 된
당신 앞에서 나는 주춤거리며
목소리 납작 꿇어요

| 제2부 |

햇살, 론

저 낮고 낡은 아파트엔 염소가 산다
어느 날 먹구름 몰려와
집집마다 검은 깃발 돋아난 그건
뿔, 허공을 향해있는
건너편에 들어설 50층 아파트에게
곤두서서 뿔나 있는 거다
성난 함성은 곧 포문을 열고
우르르 탕탕탕 쳐들어
가서 냅다 들이받다가
펄쩍 뛰어오르다가
줄줄이 떨어져서는
철옹성 아래 뒹구는 젖은 염소 똥
새까맣고 새까만

0707079****
낙원에서 온 전화
햇살을 넘치도록 쌓아두었으니

햇발처럼 말고 그야말로 조금씩
가져가시라는데
어떻게 입고 가나
드레스는 넘치고 비키니는 모자라고
어디다 담아오나
냄비도 안 되고 공기도 안 된다니
집어치우시오, 그만
어디서 햇살 갖고 흥정이야!
수틀리면 그 자루 몽땅 털어
지하방, 옥탑방 마구 쏟아 붓고
뿌려서 거덜 내고 말테니까

알맹이는 다 어딜 갔을까

시를 잘 쓰는 시인이 꼬막도 잘 깐다 꽉 다문 입 일도 아니라는 듯 숟가락 하나로 설렁설렁 윗입술 벗겨낸다 짭쪼롬한 육즙을 긴 손가락에 적셔가며 시인과 꼬막은 서로에게 몰두한다 상대를 알아차리면 태도가 달라질 수밖에 없다 비틀어 파고 찌르며 을러서 더욱 단단해지던 주름진 입이 아니다 분리된 입술은 또 다른 입술을 만나 존재감을 찾고

꼬막은 벌교, 꼼장어는 자갈치라는 공식을 뒤집을 기회는 늘 놓친다 솜씨나 기술 없이도 열린 입은 맥락이나 주제를 술술 까며 한 상 차린다 시를 잘 쓰는 시인은 꼬막까지 잘 까서 후배들 앞에 놓아주고 수북이 쌓인 빈껍데기 통과 함께 온데간데없이 사라졌다

알맹이를 쏙쏙 빼 먹은 건 우리들인데 누구도 알맹이를 먹지 않았다고 한다 심지어 그게 있었느냐

고 묻는다 새로 온 신입은 제 입이 꼬막이라도 되
는 양 도무지 벌리지 않고 물론 먹지도 않는다 그
게 신입다운 자세는 아니라고 젓가락으로 톡톡 건
드리다보면

　꼬막도 못 까는 주제에?

3월, 네덜란드 삼촌

이대로 풍차를 보러 떠난다면
이 길로 튤립 축제에 간다면

처음 타는 비행기일지라도
모국어가 사라지고 숟가락을 사용하지 않더라도
주저하지 않고 가겠어

이 문을 나서면 가족이 없어지고
이제 19세를 더 깎을 수도 없지

앞으로 갈 길을 읽은 두 발이 뒷걸음치다
제자리 돌다 결국 3월은
마주칠 테고 뭔가를 스스로 해야 하는
눈을 날리고 바람을 뿌리는 3월

먼 그곳까지 풍차와 튤립을 보러 간다고 철
없다 누구라도 나무라준다면 단박에 가지 않겠어

텅 빈 학부모란에 고인 빗물을 퍼내며

19禁과 19세 사이 어떤 연관성이 있는지 캐물어도
진지하게 대답해주는

보물찾기처럼 숨겨두었던 삼촌
네덜란드 삼촌*이

벗꽃나무 뒤에서 슬쩍 나타날 때

지금이야말로

* 당신에게 정직한 의견을 말하는 사람을 일컫는 말

우연한 교향곡-클라이막스

　극적인 순간을 맞이하려면 그는 퇴근길을 잃어
야하고 고슴도치 같은 그녀와의 약속을 통째 잊어
야 한다 자정을 넘어가는 활의 선율은 스크래치,
스크레치 비라도 오지 않는다면 그녀는 가시로 헛
바닥을 연주할 것이다 찌르기 좋은 자세로, 통곡의
강으로 보내버리겠단 다짐으로 비칠비칠 새벽 귀
갓길이 온다 짬뽕으로 얼큰해서 온다 더블베이스
는 어떤 기습에도 현장감을 살리기 위해 바닥의 심
연을 긁어대기 시작 오오오오 뜻밖의 오르가슴을
쥐고 열려라 초인종을 깨우는 순, 간 매복해 있던
연주자들 일제히 활시위를 당긴다 객석이 솟구친
다

　꽃병을 얻어맞고 벽시계는 머리통이 건들건들
박살난 꽃병에 튕겨 구석에 처박힌 새파랗게 질린
꽃숭어리, 난장판인 거실 바닥을 핏빛으로 물들이
는 꽃잎들, 유리 조각들

우연한 교향곡–변주

　간짜장이 주제라면 그 위에 놓인 계란 프라이는 변주라고 음악감독은 들려준다 그렇다면 그 프라이를 놓쳐선 안 된다 검은 장막 속으로 들어가 오페라 유령으로, 아이를 쫓는 마왕으로 변하는 걸 재빨리 눈치채야 맛있는 간짜장과 만날 수 있게 된다

　반지의 주제는 장식, 그 위에 커다란 다이아몬드를 심어준다면 결혼으로 갈 수도 있어 다이아몬드는 아몬드가 아니라서 절대 변하지 않아 그렇다면 이것은 변주가 될 수 없단 말인가 장식에 결혼이 얹히면 하이든도 상상할 수 없는 선율이 새롭게 만들어지는 2016 봄날, 악마가 탄생하고 천사들이 감쪽같이 사라지는 걸 단번에 알아차려야 장식의 본질을 탐구하게 된다

　아이의 얼굴에 시멘트를 바르는 변질된 이 봄
　일제히 일어나 활을 들어 결혼을 변주하라

내셔널지오그래픽 유언장

세탁기가 돌았나 봐
며칠 째 펄쩍펄쩍 뛰어다녀

철석이던 파도 다 게워내고
십 수 년 얽히고설켜
더러운 꼴만 보인 우리가족에게
앙갚음하려는 듯

평생 돌리고 돌았는데
정작 스텝 한 번 찍지 못하고
제자리인 것도 체면 구겼는지
위협하듯 날뛰며 마구 겁을 주더니

서열에서 밀려난 장남이 실성했나 봐
단도며 총이며 사냥을 하려는지
무기상을 찾아다녀

병원 특실은 이 년째 시든 심장을 살려내면서
그만 자고 싶은 아버지를 미쳐버리게 하나 봐

우릴 뒤죽박죽 인질로 가둬놓고
막판 유언으로 헬리콥터처럼 높이 뜬 세탁기
빌어먹을, 썩을, 망할
온갖 저주 퍼부으며 서로
지치지도 않고 엉켜 붙는다

유언장에서 빠지면 눈이 뒤집히는가 봐
갈가리 뜯긴 종이에서 핏물이
주루루룩

토마토가 보였다

'집중' 좀 하라는 전갈 전해들고

어디다, 왜, 무엇 때문에…
그냥 던져놓는다

쩍벌남에게 집중하다 입술 찢어진 노인처럼
공짜에 기대다 떨어진 관리처럼
이가 여섯 개째 올라와
플라스틱 바구니를 물어뜯는
아기처럼 말인가

간밤에 널 발가벗겨 놓고도 모기에 집중하느라
귀싸대기 얼얼하도록 얻어맞고

상자 속 토마토들은
무얼 했는지
눈 마주치자 붉어지며

재빨리 익어 뭘 말하고 싶은 건지

페루 사람들은 손톱만한 잘못에도
금세 얼굴이 달아오르고

상자 속 가득 넘쳐나는 부끄러움
서로 먼저 수치심에 집중하겠다고
속을 파고 으깨도 오로지 새빨개지는 것 밖에
모르는 저것들

전갈을 다시 주워 들여다보다가
토마토를 보았다
토마토가 보였다

어린 봄

　은빛 줄에 매달린 애벌레 한 마리 키를 쭉 펴고
번지점프 하듯 올라간다 내려온다 낭창낭창 이쪽
저쪽 건들건들 이른 계절에 집을 나와 초록바람을
꼬실 건지 외계로 내려가려는지 햇빛에 속살이 야
들야들 얼비치는 연둣빛 아코디언을 켠다 누가 줄
을 조종하는지도 모른 채 까불거리며 점점 나와 눈
을 맞추려온다 이리 와, 쓸모가 있다면 날개를 달
아줄게 담배를 문 아저씨 슥 지나가고 긴 머리 아
가씨가 놀라 아슬아슬하게 피해가자 배를 뒤집고
발가락 꼼지락대며 신바람 났다 양산을 쓴 아주머
니와 순간 부딪칠 뻔했을 때 줄곧 지켜보던 나는
공범인양 움찔, 인상을 찌푸리며 가던 양산이 부러
진 나뭇가지를 들고 와 사정없이 줄을 끊어 놓는다
우리는 기습당했다 땅에 떨어져 미동이 없다 한참
뒤 길게 뻗어있던 몸을 둥글게 말아 올리는 그건

머나먼 가족

차이나타운*에서 처음 만나
짜장면을 돌돌 말아 올리며 서로 얼룩 닦기에 급
급할 때
마지막 밤기차는 부산을 떠나가고

불법체류자 범죄피해신고센터 쪽으로
비는 더 세게 몰아쳐
등잔보다 크고 밝은 눈동자가 피부색 같은
검정 우산을 골똘히 쓰고 있다

홍등을 세며 차이나로 텍사스로
운동화가 불어터지도록 걸어도 길은 뻔한데
도대체 외워지지 않는 밤이 끝나지 않아
국경도 없이 내리는 도적같은 비

순식간 늙어버린 텅 빈 술집
문 밖에 선 금발아가씨는 인어공주보다 애절한데

양꼬치나 보드카보다

블라디보스토크나 상하이로 가기 위해

저 환전소 불은 비바람에도 꺼지지 않고

* 부산 초량동

직전의 일

  이쪽은 한 방향, 한 목적으로 남자의 여자를 잘
아는 사람 남자의 남자와 친한 사이들로 간다. 저
쪽은 여자의 여자를, 남자의 여자 때문에 한 방향,
한 목적으로 온다. 점 하나 틀리지 않는 표를 들고
관광버스에 오르면 우리는 온전히 잘 차린 한 묶음
꽃다발, 수십 마리 앵무새, 비밀 봉투를 간직한 한
통속

  이쪽과 저쪽 사이엔 여자와 남자, 듣지 않는 진
리의 말씀이 있고 정답 같은 노래에 눈을 반짝이는
남녀는 팔짱을 굳게 끼고 있다. 남자와 여자의 남
자를 위해 여자와 남자의 여자를 위해 낯선 호텔이
증명되었고 우리는 현장의 증인이 되었다.

  식사를 끝으로 각자 방향은 틀어지고 목적은 흩
어진다. 두 주인공은 양쪽에게서 최대한 멀리 가기
위해 풍선에 올라타고 달아난다.

구두를 벗거나 단추를 풀어 놓고 시든 꽃처럼 아무렇게나 앉은 여자남자. 돼지수육 접시가 돌려지고 출렁출렁 소주가 건너오는 버스 안은 개인 성향의 새로운 남자여자가 고속도로를 달리고 있다.

폭염은 모른다

살 거도 아이맨서 와 자꾸 물어 쌌노
하기사 살 사람거트면 이래 묻지도 안것제
씰데 없이 이 염천에 댕기맹서
보리밥 한 그릇 묵고 일일이 답 할라카이
내사마 입에서 당내가 나거마

얼굴이 벌겋게 익은 노파 입이
좌판에 늘어진 갈치보다
더 날카로워진다

그럼 가격을 붙여 놓지예

글을 알아야 씨제
지나내나 씨지도 익지도 몬하는데
그람 또 아는 사람한테 실은 소리해야 안하나

옆 좌판의 노파는

어린 갈치 대가리를 한꺼번에 자르며
그중 나은 건 밀가루 묻혀 굽고
나머진 졸이라며 칼 잡은 손이
연신 이마 땀을 훔친다

해가 녹아내려도
두 할머니는 폭염을 모른다
절대 알 수가 없다

변두리 시장 노점상 옆으로
마을버스 혀를 빼고 올라온다

오빠

그 씹새끼가

대갈통을 확 뿌사삘라

좆같은 새끼

와꾸 다 깨놓는다 캐라

쥐새끼가

내 앞에선 찍 소리도 몬하맨서

어데서 손모가지 놀리고 자빠졌노

아, 씨바 졸라 열 받네

개자석이

개같이 살다가 개같이 망할 씨팔놈이

호로짜썩

내 앞에 걸리기만 해라

손가락 다 짤라삔다

야 씨발, 병신시키야

머땜에 그렇게 맨날 처맞고 사노

시끄러! 입 닥쳐!

그 꼬라지로 또 나갔어

내 말 똑똑히 들어라

그 씨발쪽째비쌔끼는 내가 쥑인다

사장한테 얘기해놓을 테니

지금 바로 가게로 와

택시 타고 오빠한테 오란 말이야!

매듭공예 배우는 시간

아빤 매듭을 꼼꼼히 배우지 않아
꽉 죄지 못하고 서둘러 엄마를 놓았지
덕분에 엄마는 우릴 실수 없이 꽁꽁 묶는 법을
익혀
아빠를 이겨먹었다는 거

나는 선생님 말을 귀담아 듣지 않고 앞치마로 가린
똥배를 얕잡아보다가 이론을 제치고 상황을 놓쳐
현장실습을 다 망치고 짝수를 만들지 못했지
없앨 수도 버릴 수도 없는 홀수를 엉거주춤 쥐고
시간은 끝났다는 거

수학 잘하는 남편은 나와 엮여 뭐가 안 풀리는지
아직도 해답을 못 구해 쩔쩔매며 성난 얼굴이고
여전히 한눈파느라 뒤엉켜 있는 나는
밥도 죽도 아니라는 거

아빠 일찌감치 자신의 매듭만 짓고는
백 년도 넘게 묶어 둘 속셈으로
엄마를 지금도 부리며 까먹고 있다는 거

옆줄과 맺지 않으면 절대 가 닿을 수 없는 꼭짓점
옆 사람을 걸고넘어지는 것이 아니라 포개는 거

이론과 실천은 아빠와 엄마라는 거
그와 나라는 거

자르지 않는다면
어떻게든 자르지만 않는다면

야만

책가방들이 광장으로 달려 나왔습니다 앞치마
넥타이 안경 스타킹 유모차 지팡이 목도리가 모였
습니다 붕어빵 기침 라이터 십자가 염주에 인도네
시아 작업복까지 서로 만났습니다

세종대왕께서 그토록 보듬고 아끼신 무지렁이
배고픈 백성들은 한 자루 꽃을 들고 갑니다 꽃등불
로 피고 꽃사람이 되어 어둠을 벗겨내며 갑니다

| 제3부 |

통영이나 히말라야

통영에 갔다 거북선 보러 갔다 '처용'을
만나러 간다는 건

아니다 파라다이스를 마시려고
했다 다찌 집에서 술에 취하려는 건
아니다 바다 속 보물을 캐려고
했다 바다에 빠지려는 건
아니다 이름을 새기려고
했다 그들처럼 통영서 태어나고 치열하게 죽겠
다는 건
아니다

스카르두로 떠났다 히말라야로 간다는 게

맞다 가서 눈을 마시며 고기는 먹지 않을 거라
했다 연필만 가져갔다는 게
맞다 산이 품고 산에 묻을 거라

했다 돌아오지 않겠다는 게
맞다 마침내 놀러오라고
했다 공책이 두툼해졌다는 게
맞다

맞고 아니고는 질문도 대답도 아닌
통영이나 히말라야

거울을 닦는다 거울이
보이도록 닦는다 통영이나
히말라야도 닦는 게

맞다
아니다

성급한 간판

오늘도 '양지상사'에선 동양화를 돌리죠
철가방 바삐 다녀가고
골목 어귀 막아서서 담배 꼬나물고 가래침 턱턱
갈기며
오가는 각선미 더듬는 너구리들
건달 소굴 같은 저곳에서 어떤 볕을 만들어 파는지
세스코와 소탕을 벼르고 있지요
문방구 건너 '한아름 꽃집'은 이삿짐센터로 또
바뀌었어요
낡은 용달 트럭은 담벼락 감나무 아래 빈둥대고
출입구에 꽂은 손태극기가 나부낄 때마다
허가증이나 붙어있는지 의심이 팔락대다
감이라도 한 트럭 싣고 어디든 달려갔으면 해요
'우리 아이의 두 번째 담임선생님' 2층 건물은
음료수, 라면, 과자 등을 보관한 물류창고가 되어
자라는 아이들을 홀리지요 저렇게 크고 긴 이름
을 간판에

새기면서 주먹은 포부로 단단했겠죠 지금 내 아이에게 꼭

필요한 두 번째 담임선생님은

어디서 몇 번째 간판을 달고 계실까요

'모리'가 이곳에 왔을 때 우리 동네 등불 하나 켜진 느낌

음흉한 철제문을 걷어내고 유리문으로 내부를 소개했거든요

소박하고 앙증스런 공예품이 진열되고

예쁜 선생님과 마주 앉은 어린 소녀, 새댁들이

늘 진지하게 배우는 자세를 보면서

나도 곧 바깥의 바람직한 그림이 되려 했어요

'mori'는 여기가 시작이었죠

소심한 양초나 비누 꽃들이 피기도 전에

벚꽃도 아닌데 분홍 꿈을 반년 만에 접다니요

내가 너무 머뭇거렸나요

때론 저 양지상사처럼 뻔뻔하고

바퀴벌레처럼 끈질기게

만유인력의 법칙

사과 반쪽은
수컷들
모든 절반은
바람의 날비린내 풍기며
오빠로 불려지길
푹푹, 상해가도 영원한 오빠가 되는 거

사과 반쪽은
암컷들
모든 절반은
암내풍기며 새콤달콤 입술로
날개 죽지 핥으며
말라 쪼그라져도 여동생으로 남는 거

계절 내내 사과는 돌아다니고

꽃나무 아래

오빠랑 여동생이 광주리 광주리
제멋대로들 싱싱해
침이 잔뜩 고이는 구름

냉장고 안에는 식욕 잃은
남매가 차갑게 서로를 밀어내도

계절 내내 지구는 떨어지지 않고

오빠가 몰래 심어놓은
과수원마다 여동생이 주렁주렁
여동생이 숨겨놓은
게임기마다 오빠가 득실득실

쓰다듬고 안기고 싶은 사과, 사과
여동생이 휘청,
기울어지자 툭 떨어지며
완성되는 사과

그때였어

내게 두 개 있는 것은 아낌없이 네게 줄게
귀걸이 팬티 나무까지도

우리 사랑은 나누어도
마음은 나누지 말자

마음은 마음속에 있어야 하는 거잖아
아기가 뱃속에 들어있듯

어마무시한 지식 하나 얻고 내
가슴은 텅, 텅, 텅 털렸구나

머리 가운데 소시지처럼 끼어있는 그게
마음이라잖아

응, 그랬구나
우리가 마구 끌어안고 쓰다듬은 가슴이

공갈빵이고
바나나우유였어

가슴 아무리 쳐도 아프지 않겠구나
빈 마음 가지려 기를 쓰고
주지 않으려 버텨도

아, 그때였구나 4월
별긴 대낮 방구서에 처박혀
머릴 쥐어뜯으며
숨죽여 울던
미쳐가던

이제 마음은 내 맘대로
갖고 놀 수 있겠구나

하여 해골은 웃고 있구나

조르기를 잘하면

털썩 주저앉아 꼬리를 버둥거리다 숨이 꺽꺽 넘어가면서 달아나는 레깅스를 맹렬히 문다 새끼 악어 한 마리 마트 안을 휘젓고 있다 레깅스 감정과 악어 감정이 장난감 로봇을 두고 팽팽하다

아이는 자라 충분히 격투기 선수가 되거나 격투기를 증오 할 수 있다

12월에 더할 수 없이 착해졌다가 1월부터 몰라보게 나빠지는 아이들
누가 착한 앤지 나쁜 앤지 알고 계시는 산타를 엄마 아빠는 만난 적이 없다

어린 여자는 갈수록 화려하고 큰 침대를 사 들인다
침대 때문에 방이 쫓겨날 판
수시로 달라고 졸라대는 데이터는 데이트와는 별개의 문제

편의점으로 치킨 집으로 날아다녀도 그녀가 원하는 핸드백 하나 살 수 없을 때
입술은커녕 언약이 멀어질 때

기도를 버리고 허리띠를 풀고 퍼질러 앉아
관심을 끌 때까지 막무가내 떼쓰는 의지도 보여야 한다
데이터도 자꾸 주다보면 데이트로 올 수 있다

목조르기를 잘하면 형 빌딩도 꿀꺽 삼킬 수 있다

산사음악회에서 주지 스님이 부른 '립스틱 짙게 바르고' 는
조르고 조른 끝에

아마조네스

　목장갑 위에 일회용 비닐장갑을 덧낀 손이 순대
를 꽉 움켜잡고 날렵하게 자른다 떡국처럼 썰고 있
는 탱탱한 밥줄이 뜨겁다 순대가 길이라면 저 두
손목 몇 번을 갈았겠다
　순대 썰어 파는 아저씨를 아직 못 만난 건 밥줄
이 아니라 안주거리인 때문이다

　생선대가리를 내리치는 힘은 어디서 오나 날선
칼인가 심줄 불거진 늙은 손인가 자갈치 시장, 부
전 시장 좌판을 지키고 있는 아지매, 할매
　아군도 적군도 없는 전쟁터에서 칼자루 하나 쥐
고 군대 간 아들, 병든 남편을 지켜낸다 그 힘의 원
천은 손톱만한 배꼽
　그 배꼽이 붙어있는지 떨어졌는지도 모른 채

　빗창, 갈고리 들고 발이 닿지 않는 거대한 아가
리로 뛰어드는 용기는 할머니, 어머니 때부터 이어

지는 물의 계보 평생 검은 목줄 한 벌로 바다 대신
숨을 쉬어주는 사람

  그녀들은 분홍고래를 알고 있다

  키보다 큰 뻥튀기를 이고 범일동에서 걸어 영도
다리를 건너가는 마흔 살 안팎의 엄마들 뻥튀기는
빈병이나 찌그러진 냄비가 되어 목이 돌아가도 뻥
처럼 가볍게 이고 다리를 건너왔다 그것은 또 봉지
쌀로 변해 달동네를 한달음에 올라가 어린 입들을
재우고 누룽지를 삶다가 엄마들은 새우처럼 꼬부
라져 잠이 들었다

좋은 생각을 기다리며

어떤 날은 좋은 생각으로 흠뻑 젖지
참회가 목적은 아니지만
눈물은 퉁퉁 불어나
마치 소나기 밑에 있는 것처럼

알몸을 벗어도 주저될 게 없어

언제는 좋은 생각이 줄줄 흘러넘쳐
무릎 꿇고 십자가 긋고 손목은 긋지 않을래
좋은데이 뚜껑을 밤새도록 따

개처럼 짖어도 개의치 않아
좋은 생각이니까

좋은 생각을 구독하고 버스에 태워 보내고
양계장에게도 보여줘

어디든 품고 있으면
발가락이든 수저든
아니 사채이자에게도 호의적일 테니까

좋은 생각이 좋은 모기를 낳고 좋은 어둠을 낳고
좋은 생활을 낳는다면

아, 씨발

2020

새가 날 수 있는 건 텅 빈 머리 때문
새대가리란 말, 라랄랄 신나
새대가리도 언젠가 난다, 날아갈 게 틀림없어
도무지 든 게 없으니
내놓을 것도 감출 것도 없잖아
너네는 금고가 생긴다면 아마
가슴 속에 넣어 두겠지 아무 걱정 없이
가장 다정하고 허술한 그곳은
배꼽에 손이 닿기도 전에 들통 날 걸
열쇠는 머릿속에 심어두고
의미부여는 하지 말 것
누군가 내 치명적 약점과
몽고반점을 알고
한 침대를 사용한다 해도
불륜은 고백하고
살인은 분다 해도
난 정말 몰라, 모른다니까!

누구는 신원보증을 서고
물에 빠진 아이를 구해내고
이웃을 내 몸같이 사랑하는
그도, 진짜 몰라 몰라요!
고작 네 개뿐이지만
오직 그 비밀 때문에
우린 사이좋게 질서유지하며
협박하고 고문당하며
긍긍
전전

오라버니

뛴다, 자정도 급히 오고 있다. 나이 든 여자가 숨 가쁘게 내려온다. 마을버스는 뒤늦게 깨달은 듯이 쌩 올라간다. 더 나이 든 남자가 헐떡이며, 다리를 절뚝이며 따라간다. 릴레이 하듯 달린다. 선두는 기 필코 빨라야 한다. 간격이 한참 벌어지자 바통 마냥 움켜쥔 푸른 지폐가 맥없이 풀리며 멈춰 선다.

아뿔싸! 오던 길 되돌아 뛴다. 다리만 기어간다. 자정은 더 급히 오려 한다. 저만치서 손사래 치며 오는 가방을 홱 낚아채 다시 달린다. 마지막 지하 철을 붙잡자 속이 울렁거린다.

−니 나이가 몇 살인데 그래 잘 뛰노. 가방 안에 오만 원 넣었데이 꼭 택시 타고 가래이.

다리 다쳐 벌이 없이 지낸 지 수 년째. 이젠 절대 돌아갈 수 없다. 빠삐용의 속옷에서 나온듯한 만

원짜리 다섯 장. 어느 새 여자의 머리는 정신줄 놓
고 춤을 춘다. 무슨 보물단지인양 끌어안은 가방에
서 노랑 병아리 나오겠다.

하지만, 결투

누가 먼저 신청했는지는 중요치 않네

우아한 식탁에서 축복 같은
음식은 의미가 없네

단시간에 익힌 예의범절로 좀이 쑤셔
입이 쑤셔

암기한 오늘의 표정 지으며
마주 앉은 낯선 사람들
슬며시 지갑 속의 무기를 만지작거리네

OK목장의 결투나 석양의 결투는
정말 재미있었네

식당과 예식장은 서로에게 예를 다 하는가

닭장에 노크하는 남자와
그 남자 품어주는 여자라면
알 낳고
모이로도 잘 살겠네

하지만,

긴 목록을 펼치며 포크와 나이프들은
자르고 찌를 자세가 되어 있네

궁금, 궁금해

판사님께 망치 씨 하면 형을 얼마나 때리실까

의사님 머리에 돌멩이를 얹어주면 정신의뢰감정
서를 처방할지

변호사님이 다단계 사기에 걸렸다면 이길 수 있
을까요

치킨을 팔아 구역 없이 잘 날아가던 甲대표님에
게 똥집을 던진다면
아니야, 아니에요
그 쫄깃하고 부지런한 똥집은 되레 자신을 부끄
러워할지도

낡은 오토바이와 가스통를 태우고 곡예 하던 소
년들은 사라지고
작은 기계 안에서 소년 소녀들은 손쉽게 어른을

낡고 있죠
　그들에게 배운 것을 더 창의적으로

　낡인 어른들은 구이가 옳을까 매운탕이 맞을까요

　소년 소녀들은 금방 능숙해지겠죠
　난해한 처방전보다 불가해한 법정보다
　더 막나가려면

　오직 한 길인 종교는 외로움이 몸서리칠까요

　일생 자신에게 바른말만 괴롭히다 종친 이는
　또

무서운 이순 씨

일생 변변한 일자리, 번듯한 가게 하나 없이도
아들, 딸, 딸, 아들 시집 장가 다 보낸 이순 씨, 명
청한 자식들 덕에 재혼은커녕 집 나간 며느리 대
신 구멍 난 부엌을 차지한 이순 씨, 언니도 없는데
왜 二順인지 물어볼 부모도 아예 없어 그 만만한 이
름 탓에 인간의 도리를 눈곱만큼도 거스른 적 없
는 이순 씨, 내리 사흘을 앓다가 한밤중에, 굳은 감
자를 베어 물며 아픔도 배고픔도 잊고 둥근 달에게
절하는 이순 씨, 기초수급금이 들어올 때마다 공손
히 미안해하며 월세 먼저 바치는 이순 씨, 팔십칠
년 동안 병간호 받지 않으려 모든 병을 꼭꼭 숨겨
두고 혼자서 해치우는 이순 씨, 이리 같은 자식 놈
들에게 뜯기고 갈수록 커지는 구멍 속에서도 낙관
적 소설책장을 넘기고 있는 이순 씨, 평생 잘 먹고
잘 살았다는 이순 씨, 자식에게 아무 것도 해준 게
없다며 일생일대 프로젝트를 올해로써 다 끝낸 이
순 씨, 회갑을 맞은 아들, 딸, 며느리, 사위까지 현

금 백만 원씩을 적금처럼 쥐어준 이순 씨,

아들, 딸, 딸, 아들은 이순 씨를 꿀떡 꿀떡 삼켜도
절대 체하지도 탈나지도 않는 이순 씨

컵라면

― 구의역 9-4번 승강장

3분은 시계일까
치타일까

3분은 자본일까
배려일까

3분은 숫자일까
낱말일까

3분은 밥일까
초콜릿일까

방일까
간이의자일까 3분이

게임일까
공부일까 3분이

생존일까
죽음일까 3분이

해일까
달일까 3분이

3분을 이해할까
오해할까

기다릴까
놓칠까

씹을까
삼킬까

six feet under

張은 오 개월 후면 여든이 되는군요
내 오랜 친구죠
吳는 여든하고 사십 육 개월이 더 지났어요
내 엄마죠
두 사람은 전혀 모르는 사인데 언제부턴가
서로 만나고 있다는 걸 눈치 채고
기가 막혔어요
내게 지도와 신발처럼 소중한 사람들이 어떻게
나를 따돌리고 그렇게 합이 맞을 수가 있을까요
게다가 오는 파키슨 병으로 춤추듯 손발이 떨고
장은 찜통더위에도 온돌매트에서 떠나지를 않는
데요
나의 미래들은 그렇게 아낌없이 친절하더니
남의 일엔 실없이 울어쌓더니
지금에 와서 자신들을 챙기기 시작하는데
어이가 없어요
오와 장은 매일 밤 지하에서 만나

닫힌 문을 열려고 서로 용을 쓰나 봐요

장은 글벗이었고 술친구며 오는 관광춤을 잘 추던 엄마예요

둘은 이제 내게서 멀어지려고 해요

세상에서 젤 가벼운 차림이라 대수롭지 않게 여길 수 있어요

바는 물론 나이트클럽도 못 가본 주제에

땅 밑을 무슨 수로 찾아간다고

난 어젯밤에도 15 feet under*에서 새벽을 맞았죠

그네들이 찾는 곳보다 두 배도 더 깊은 곳에서

문을 활짝 열고 귀신들도 일어나 놀만큼 재미있다고

두 사람을 마지막으로 꼬셔볼까요

* 클럽

| 제4부 |

경산

잊고 싶은 도시가 곁에 있다는 건 얼마나 다행인지 몰라 버리고 싶은 물건이 바로 손닿는 곳에 있는 것처럼 순간 돌을 던질 수 있는 강이 창 앞에 있는 것처럼 통째

잃어버리고 싶은 도시가 옆에 있다는 건 얼마나 설레는지 몰라 금방 지울 수 있는 사진이 손바닥 안에 있는 것처럼 집으로 가기 위해 그 누나 집을 절대 안 지날 수 없어 소박한 이 도시를 잊거나 잃어버리면 눈에 띄게 차분해질까 책밖에 없는 저 방, 언제나 뜨개질하는 그 누나의 손처럼

날마다 기차역에는 마지막이 기다리고 있어 어떤 태도와 선택을 지켜보려는 것처럼 첫 기차는 첫 입맞춤처럼 두렵고 어둡지만 놓치지 말아야 해 비밀번호를 기억해야 하고 꼬리를 세차게 흔들며 서로를 물고 놓지 않으려는 강아지 연인들처럼

북북 찢고 뭉개고 짓밟아도 그곳이 있어 늘 안심
인지 몰라 계속 성냥은 간직하고 있으니까

막차가 마지막이 아니듯 지구 반대쪽을 달아나
도 경산은 그 자리 있고

화상이 아물지 않아 어찌나 두근거리는지 몰라
날마다 새로운 치마를 입는 것처럼

직장탈출

극장에 앉아서도 조급해 진다

당분간 이 상황은 지켜져야 한다 블랙박스는 마음 고발자가 될 수 없다

낌새가 새어나가면 삼삼오오 커피를 마시다 말고 모른 척 설탕을 더 탈 수 있고, 흠 코를 비틀지도 모를 일이다 향수는 미래를 향하지만 냄새는 양말처럼 피곤하다 퇴근길에 오페라 '피가로의 결혼'이 흘러나온다면 집으로 가기 전에 상담을 먼저 신청해야 할까

버킷리스트에 탈출이라고는 넣지 않겠다
난 영화를 보는 사람

이 악몽, 냄새의 진원지는 의자일 수 있고 너 때문인지 모른다

근원은 나로부터지만

더 이상 미룬다면 커피를 마실 수 없고 영화관에서 지목돼 손가락질 받을 것이다 그러니 비밀이 드러나기 전에 심정 고백도 중요하다

어떤 간절함이나 희망은 때론 밑으로 빠져 나오기도 한다

형식적 조작기

햄버거 두 개는 적극적으로 작아지고 있다

롯데리아는 속성으로 공감대를 이어주는데

난 여전히 햄버거를 의심하며 먹고
넌 의심까지 말끔히 먹어치운다

나이를 아무리 접어도 내 생각만큼만 보이는 너

(꼭지에 올라오는 저 노란 싹수 좀 봐
넌 왜 금지구역만 드나드니)

생쥐처럼 반질대는 눈이

(빗자루를 타고 가는 저 마귀할멈 좀 보세요
아이를 잡아먹으러 가는데요)

점점 네게서 휘발유 냄새가 나는구나

내가 예전에 읽던 14세 지침서를 달달 외워보지
않겠니
형식은 무난하고 금방 익숙해져

교과서 형식으로 너를 넘기자
빨대를 씹다가 콜라에 섞어 순식간에 후루룩

젠장,
나를 어떻게 한 거야?

사실 분석

*방탄소년단

2013년에 몰랐어도 2018년엔 알아야 한다 방탄 조끼를 입고 노래하지 않는다 전 세계 아미(ARMY) 들이 막아주고 있다 어른들이 앞다퉈 모셔가려 바쁘다 '피, 땀, 눈물'이 떼창으로 지구 곳곳을 적시고 있다 자랑스럽다 사랑스럽다 뿌듯하다 유쾌하다 그들의 저격에 인종 국경 없이 쓰러진다 즐거워서 반항, 저항이라도 좀 하자 방탄이모단은 왜 가입 연령 제한을 두었는지 모르겠다

*방탄경호단

2018년 4월 남북정상회담 때 나타났다 6월에 다시 싱가포르에서 세계 이목을 집중시킨 그룹이다 유일한 퍼포먼스는 뛰는 것 거수경례하는 뒷모습이 쌍둥이들 같다 보디가드에 꽂혀있던 이미지와

는 너무 다르다 흰 와이셔츠 안에 가려진 복근이
인기가 있으려면 총알을 튕겨내야 한다 일초도 막
아내지 않으면 안 된다 한 사람을 위한 긴장이 모
두를 살려내고 있다 방탄소년단을 둘러싸고 방탄
경호단이 V로 뛰는 그런 날도 올 것이다

  *방탄국회단

  동물원에는 동물이 많아야 의미가 있듯 국회에
는 국회의원이 많아야 산다 피 한 방울 안 섞여도
식구가 되면 끈끈한 정이 생기는 건 매우 바람직하
다 끼리끼리 챙겨주는 그런 모범을 국회가 보여 준
다 어떤 위험도 막을 자세로 뭉쳐서 방탄국회단을
결성한다 다들 방탄조끼를 꽉 조이며 절대 총알받
이는 아니라는 걸 각각 명심한다 라이언 일병이 있
다면 목숨 걸고 구해야 하는 게 맞다

염장

　기별도 없이 와선 세 한 푼 내지 않더니 눈치도
보지 않고 떠억 자리를 잡지 뭐야 염치머리 없이
젤 전망 좋은 곳에 누구라도 볼 수 있게 말이야 어
이없어 인상이라도 쓸라치면 지렁이처럼 못생긴
주제에 지가 한 술 더 뜨는 거 있지 좀 언짢았지만
어쩌겠어 근데 자꾸 세를 늘리더라구 내 기를 죽이
려고 작정한 거지 기, 하면 알지 성질 더러운 사장
님에게도 밀리지 않던 거 그러니까 그게 이건 좀
다른 차원의 문제야 남의 처지로 볼 땐 은근 여유
있게 즐겼는데 막상 당해보니 어디다 고소해야 할
지도 모르겠고 섣불리 했다간 도로 당할 것도 같
고 이대로 눌러 붙는다면 조만간 호호할머니가 되
고 말 거야 우리 앞날에 아주머니 같은 거 없었잖
아 덮고 싸고 숨겼는데 왜 자꾸 아줌마를 알아보는
지 모르겠어 거울을 볼 때마다 환장하겠어

예술 활동

얼음은 자신의 존재를 끝없이 의심하면서 태어
나고
 탯줄은 자라나는 영혼을 끊임없이 믿으며 죽어
가네

 알몸이 전 재산인 사과는 대놓고 입술 홀리며
 종말이 와도 옷은 입지 않을 것이네 사과라서
 손가락질할 일도 없겠네

 예술은 티브이 속에서 발견되고 금방 자라나네
 시궁창 쥐야, 시 한 편만 낭독해보렴
 오랜 출연을 위해 네 입에선 악취가 더 나야하네

 할 일도 없이 맥주와 앉아 이야기할 때
 거품의 진정성을 캐고
 지구의 유통기간을 밤새 따지다가
 맥주와 지구에게 따귀 맞는 건달이 되네

파인애플 캔이 된 남자가 여자에게 자신을 선물하자
　자신의 한계를 넘어선 영역에 수건의 감정이 풍부해 지네
　울고 난 자세가 늘 삼류를 유지해도
　수건은 울음을 바꾸지 않을 것이네

　실적 보고되는 예술 활동을 위해
　예술가 편우 되지 않을 것이네

　인생은 길고 예술은 짧다면 말이네

시

봄밤이다. 다리 밑을 지나가는데 '성행위를 하지
맙시다' 가 거머리처럼 찰싹 달라붙는다. 꽃 비린
내 어지럽고 그믐달은 눈 감아 주고 뭐람. 어디선
가 누군가들 행위가 나타날까 후다닥 걸으며 실없
이 눈을 찡그리는 것이다.

대낮에 그 길을 가는데 '상행위를 하지 맙시다'
로 바뀌어 있다. 괜히 허탈해지며 입을 삐죽대는
것이다. 밤은 성행위, 낮은 상행위로 금지 표현은
설득력이 있어야 한다고 구시렁대며

'채수옥 생선은' 하고 문자가 들어와 화들짝. 한
낮도 아닌 오전 9시 07분이다. 첫 시집까지 낸 시
인이 생선이 되다니… 평소 물고기가 되고 싶다고
한 것도 같고, 곧 추석이고 차례 상에 누울 참도미
까지 떠올리다 헉, 안경까지 걸치고 있는 게 아닌
가. 한밤중도 아닌데 오락가락. 두 눈 부릅뜨고 다
시 보니 '제수용 생선은 메가마트' 다. 이런

단행본
– 여자

이브 껌/단물 쪽쪽 빨고 버려져도 수십 년 잘 팔리고 있다 아담 껌은 언제 나오나

생리대/형이상학으로 절판은 없고 내용 분석은 끊임없이 연구 중

달/그야말로 유일무이, 전무후무로 표절 시비가 단 한 건도 없는

하이힐/바닥을 쳐도 올라가는 기대치와 착각은 더 높다

화장품/ '악마나 마녀에게' 라는 부제를 달아

A/주홍글씨를 새긴 남자의 이야기가 곧 출간될 예정

코르셋/부록으로 슬쩍 끼워 넣기

콧대/품절을 기다리며

핸드백/믿을 수 없는 가격에 존재감을 맡긴 독자
의 성향

손톱/불특정 다수를 위한 공감대 없는 가벼운
표지

치마/뻔한 줄거리임에도 중독돼 블랙홀로 빠져
드는 불후의 스테디셀러

자궁/전 인류가 감동하는 명작

팬터마임

동물이었다
수컷이었다

어딘가 숨겨놓았을 빚은 손톱만큼도 없다
(두드리고, 할퀴고, 파고, 부수고, 뒹굴고, 펄펄
뛰고, 울부짖고, 삿대질하고)
엎드려 용서할게 다 용서할게 메아리
는 사라졌다

침대, 화장실에서 뭉치고 식탁서 뭉치고
엉기지 않는 자음모음을
악착같이 굴리는 9번 병실 사내

말을 펌프질할 때마다 침이 흘러내린다
목이 늘어난다
목울대를 누가 훔쳐가기라도 한 것처럼
돌려줘, 돌려줘

온몸을 쥐어짜는 몸짓에
관객들 용을 쓰며 입술을 씰룩씰룩

사람의 말은 너무 힘들어
자꾸 목에서 날개가 돋아나려 해
메모장과 연필을 꼭 쥐고
막혀있는 갱도를 써내려 간다

방사선 치료를 하고 돌아오는 길
동굴 안에서 아직 퍼덕대며 살아있는

돌·아·와
라는 말

박쥐였다
상처투성이 수컷이었다

모델하우스

가난한 친구는 산티아고 순례를 떠나고
나는 긴 행렬 속에서 성호를 꺼내죠

사막을 건너온 수많은 낙타들은
신세계처럼 펼쳐진 친환경 초원이 내 집 인양
피곤함을 잊고 너도나도 앉거나 뒹굴며

클래식한 주방에서 모짜렐라 피자가 구워지는
동안
얼굴 없는 시계는 거꾸로 가지 말라고 조잘대며
온통 새로운 시간을 도배하고 깔아놓았죠

이면지를 사용하는 것은 나쁜 습관인 것 같아
화장실에 들러 부끄러움들을 고치고 나왔어요

당신과 내가 이 침실을 가지기 위해선
여전히 감추며 속여야할 게 너무 많아

누군가의 이름을 기웃대며
이 방 저 방을 헤매는
이 쓸모없는 핸드백은 왜 들고 다니는지

신기루를 좇아 이곳을 들락거린다고
동정심 때문에 커튼이 입을 연다면
창문 밖으로 뛰어내리겠어

팸플릿을 밟으며 낙타들이 돌아갈 때
천국의 계단을 내려가는
부르튼 두 발

섣달그믐

머리와 얼굴을 가린 더러운 터번이
하드를 물고 있는 섣달그믐

서면의 대형서점은 불이 꺼졌고
맞은편 큰 고깃집은 대기실에서 기다리는 사람들
로 저녁이 푸짐하고 환하게 북적이는데

오늘만큼
은 책보다 밥이 우선

서점 앞 돌의자에 앉아 얼음과자를
후식처럼 베어 먹고 나무 뼈가 빛나도록 핥고 있
는 저 입
은 밥집을 등지고 있었는데

그는 분명 먼 길 걸어온 이방인
어디서부터 낙타가 버렸는지

지도가 어두워졌는지

뜨거운 국물 들이켜며
갈비에 붙은 살점 한 올 남기지 않으려는 내 입
은 맹수

길을 잃지 않으려면 뱃속이 든든해야할 텐데

식당과 서점 사이
에 난바다와 산맥이 있고
총잡이와 피아니스트가 있다

터번이여
지금은 총잡이가 되어 주방
을 향해 돌진하라

훗날 오늘의 총성을 피아노 선율
로 맘껏 조롱하면서

한가위 야화

개량한복에 헬멧 쓰고 운동화를 신었네요. 크레용팝 인기가 치솟는가 봐요. 바빠서 고향도 못 간대요. 나는 언제 픽업될까요. 기껏 오토바이 꽁무니에 매달려 다니면서. 출처가 아리송한 산삼드링크를 샀는데 딱히 누구를 위한 건지는 모르겠어요. 일단 명절은 선물이잖아요. 사생활 관심은 꺼주실래요. 한가위 같던 뱃속에서 노란 달을 꺼내 베이비상자에 포장했어요. 난 진짜 달을 낳았다구요. 그렇지만 호적에 달을 올리긴 싫어요. 도덕적인 손가락들 치워주실래요. 나는 갈수록 흥미진진해요. 삼 개월 월급은 못 받아도 공갈 협박으로 올가미는 받았거든요. 공기총을 갖고 놀던 사장님은 돈뭉치로 햇빛을 사서 굴리고 다니는데. 난 권총이 필요한 게 아니라 무궁화 열차표를 주실래요. 신용카드가 당분간 나를 살리더니 다시 죽이네요. 귀먹은 노모에게 기쁜 안부인양 불량스럽게 그만 짖어주실래요. e편한 댁은 연휴에 비행기 타구요, 저 파산 댁은 동굴탐험을 찾아 나서고 차례상은 아직 차례를 기다리고 있죠. '한가위만 같아라' 는 상술 좀 치워주실래요. 나는 이런 찌질한 이야기를 하려는 게 절대 아니었는데… 직렬5기통 춤으로 가족들 배꼽 잡게 하고 싶었는데… 급하게 목 자르지 말고 내년을 기다려주실래요.

시시비비 수박

3개월간 안 만났지

하필 3년 전, 양고기야 오리고기야 뼈다귀를 실실 발라내는 거니
개고기라고!
살면서 개고기를 한 숟가락이라도 넘겼다면 멍멍 개다

30년 전 날아온 게 꽃병이니 술병이니
애인이라고!
아침까지 식탁을 휘두른 건 살 빼는 네 둘째 동생이란 말이야

기억은 개고기
기억은 애인

3년과 30년이 개, 애인

애인, 개 아니라고 맞다고 틀렸다고 기라니까
앉았다니까 섰다고 누웠잖아 뒹굴었다고 맞았다
니까 때렸다고

쩌억 갈라놓고
너희 쌍둥이지 아니야 아니라구 어차피 아니라
니까
네가 형이지 쟤가 동생이라구

웃기지 마, 벌건 낯짝부터 좀 숨기자 씨
몇 개 더 붙은 게 뭐 훈장이라고

팬티 두 편

깃발 경전이 펄럭이고
휘날리는 곳에 나를 보겠다고

가선 정신 줄을 놓치고
제대로 익지 못한 마음들을 서둘러 터뜨리다

잃어버린 나,

침실에 빨아서 두고 온 팬티 두 장이
자꾸 아랫도리를 나무란다

되돌아갈 수 없는 길을 되돌아볼 때
물컹, 떨어지는 얼굴

| 해설 |

'잡것'들의 정동과 생태학

박대현 (문학평론가)

최근의 시인들은 정서보다는 정동에 주목하는 경향을 강하게 드러낸다. 정동(affect)은 일종의 정서(emotion)라고도 할 수 있는데, 언어와 이데올로기에 포섭되지 않는다는 점에서 정서와는 다르다. 다시 말해 정동은 지각이 힘든 감정인 반면에 정서는 언어와 이데올로기로 쉽사리 고정되며 지각할 수 있는 감정이라는 점에서 차이를 보인다. 시인이 정서에 주목하느냐 정동에 주목하느냐에 따라 시적 양상은 전혀 달라지게 된다. 정서에 주목한다면 서정 시인이 될 가능성이 크다. 정서는 이미 이 세계에 포섭된 감정의 양식으로서 세계와의 조화로움을 내포하고 있기 때문이다. 그러나 정동에 보다 주목한다면 세계의 언어와 이데올로기적 질서를 파괴하고 교란하는 시인이 될 가능성이 크다. 기존의 서정 바깥에 위치함으로써 서정의 저변을 확장하거나 그것을 아예 무화시키는 시인 말이다.

김효연은 내적으로 축적되는 정동에 걸맞은 언어를 탐색하는 시인이다. 정동은 동일자를 파괴하는 역능을 지닌 감정의 형태다. 역능(puissance)이란 일반적 의미의 권력(power)과 전혀 다른 개념으로 동일자의 균열과 전복을 초래하는 잠재력을 지시한다. 권력이 고정점에 붙박여 있다면, 역능은 고정점을 무화시키는 주름(pli)의 세계로부터 나온다. 주름은 아직 펼쳐지지 않은 잠재적인 상태로 이 세계에 내재된 실재로서의 의미를 지닌다. 시인이 파괴하고자 하는 세계는 이미 첫 시집에서 인상적으로 진술된 바 있다.

새가 자라 새장이 되는 거 아시죠
날개와 겨드랑이라는 동의어
우리 지금부터
새장을 덮어쓰고 다니기로 해요
송아지가 자라 정육점이 되지요
언제가는 내가 갈고리에 걸려

음메음메 울면 살점을 오려

핏물 뚝뚝 듣는 드레스를 짓지요

레드카펫은 황홀해지고

　　　　— 「구름의 진보적 성향」 부분(「구름의 진보적

성향」, 2015)

새가 자라 새장이 되고, 송아지가 자라 정육점이
되고 마는 세계. 이 진술은 인상적이지만, 이 시의
제목 또한 더없는 설렘을 선사한다. 구름의 진보
란 무엇인가. 구름은 형체를 끊임없이 바꾸면서 이
동한다. 구름에는 고정점이 없으며 동일자 또한 존
재하지 않는다. 구름은 제 형체를 무수히 바꾸면
서 드넓은 대기를 가로지른다. 구름의 진보란 하나
의 고정점에 결코 정박하지 않는 구름의 속성에 기
인한다. 그렇다면 새가 자라 새장이 되고 송아지
가 자라 정육점이 되고 마는 이 세계 속에서 구름
의 진보가 어떤 의미를 가지는지 명확해지지 않을
수 없다. 인간을 구속하고 억압함으로써 결국 죽
음의 세계(정육점)로 이끌고 마는 이 세계로부터의
자유와 해방이 아닐 수 없다. 자유와 해방은 새장
과 정육점의 세계를 파괴하는 곳에서 분출되기 마
련이다. 김효연의 시적 언어는 자유와 해방의 정

동, 그리고 그것을 이루기 위한 충동(drive)으로 가득하다. 그의 활달한 언어와 이미지들은 이 세계에 균열을 내고 그 균열의 틈에 내재된 또 다른 세계의 잠재성을 현실화하고자 하는 충동의 산물에 해당한다. 따라서 그의 시에는 언제나 균열과 파괴의 기운이 감지된다.

극적인 순간을 맞이하려면 그는 퇴근길을 잃어야하고 고슴도치 같은 그녀와의 약속을 통째 잊어야 한다 자정을 넘어가는 활의 선율은 스크래치, 스크래치 비라도 오지 않는다면 그녀는 가시로 혓바닥을 연주할 것이다 찌르기 좋은 자세로, 통곡의 강으로 보내버리겠단 다짐으로 비칠비칠 새벽 귀갓길이 온다 짬뽕으로 얼큰해서 온다 더블베이스는 어떤 기습에도 현장감을 살리기 위해 바닥의 심연을 긁어대기 시작 오오오오 뜻밖의 오르가슴을 쥐고 열려라 초인종을 깨우는 순, 간 매복해 있던 연주자들 일제히 활시위를 당긴다 객석이 솟구친다

꽃병을 얻어맞고 벽시계는 머리통이 건들건들 박살난 꽃병에 튕겨 구석에 처박힌 새파랗게 질린 꽃숭어리, 난장판인 거실 바닥을 핏빛으로 물들이는 꽃잎들, 유리조각들

인용시에서 말하는 "극적인 순간"이란 일상의 해방을 촉진하는 순간을 의미한다. 매일 반복되는 "퇴근길"과 "그녀와의 약속"은 우리의 삶에 안정과 질서를 부여하는 것들이다. 삶의 혼란은 "퇴근길을 잃"고 "그녀와의 약속을 통째 잊"게 될 때 찾아오게 된다. 그러나 이 시가 열망하는 혼란은 삶의 잠재성을 우리 현실로 이끌어내는 생성의 에너지로서의 의미를 지닌다. "스크래치"(scratch)를 내며 이루어지는 "활의 선율"처럼 "자정을 넘"은 시간에 이루어지는 오르가즘은 자유와 해방의 열락과 다르지 않다. "연주자들"이 "일제히 활시위를 당기"고 "객석이 솟구치"는 공연장의 상황은 혼란이 극에 달한 카니발이지만 이로써 새로운 세계의 가능성이 그 얼굴을 드러낸다. 세계의 극적인 변화에는 폭력이 동반되지 않을 수 없다. "꽃병을 얻어맞"은 "벽시계", 꽃병에서 튕겨나간 "꽃숭어리들", "거실 바닥을 핏빛으로 물들이는 꽃잎들, 유리 조각들" 등의 이미지들은 "극적인 순간"을 열고자 하는 시인 속에 내재된 폭력적 에너지를 암시한다. 이 폭력은 물론 동일자를 파괴하고자 하는 시인의 충동에서 비롯된다. 그것은 권력(power)이 아니라 역능(puissance)을 향한 의지를 강화하며, 이 세계의 실재를 감추는 "장식의 본질을 탐구"(「우연한 교향곡-변주」)하는 정신의 힘과 무관하지 않다. '장식의 본질'은 "아이의 얼굴에 시멘트를 바르는 변질된 이 봄"(「우연한 교향곡-변주」)에 비유되기도 하는데, 여기서 시멘트는 우리의 사유와 감각을 지배하는 세계의 허위에 다름 아니다. 시인은 시멘트를 파괴하고 뜯어냄으로써 "아이의 얼굴"을 직접 대면하고자 하는 시적 충동을 지니지만, 그것의 실현이 마냥 쉬운 것만은 아니다. 이 세계는 '좋은 생각'이라는 허위의식이 지배하기 때문이다. '좋은 생각'은 시멘트의 흉물스러움이 아닌 자기긍정과 낙천성, 그리고 정서적 안정과 평정으로 위장되어 있다. 이를 깨뜨리기 위해서 시인은 가끔씩 욕설을 동원하기도 한다.

어떤 날은 좋은 생각으로 흠뻑 젖지

참회가 목적은 아니지만
눈물은 퉁퉁 불어나
마치 소나기 밑에 있는 것처럼

알몸을 벗어도 주저될 게 없어

언제는 좋은 생각이 줄줄 흘러넘쳐
무릎 꿇고 십자가 긋고 손목은 긋지 않을래
좋은데이 뚜껑을 밤새도록 따

개처럼 짖어도 개의치 않아
좋은 생각이니까

좋은 생각을 구독하고 버스에 태워 보내고
양계장에게도 보여줘

어디든 품고 있으면
발가락이든 수저든
아니 사채이자에게도 호의적일 테니까

좋은 생각이 좋은 모기를 낳고 좋은 어둠을 낳고
좋은 생활을 낳는다면

아, 씨발
　　—「좋은 생각을 기다리며」 전문

시인의 욕설은 허위의 체계를 향한 환멸에서 비롯된다. 시인은 왜 욕을 하는가. 정확히는 시적 화자의 욕이지만, 이 시를 쓰는 순간 시인의 주체는 시적 화자의 주체와 겹치므로 시인의 욕설과 다름없다. 시인은 시의 제목처럼 '좋은 생각'을 기다린다. 그러나 '좋은 생각'을 기다리는 스스로를 비웃고 조롱한다. 시인에게 좋은 생각이란 동일자적 사유에 지나지 않는다. 허위와 위선의 세계에 순응하고 그것을 수용할 때 '좋은 생각'은 저절로 형성된다. 그래서 시인은 '좋은 생각'과 결합되는 현실 이미지로 교회에서의 참회 기도와 소주의 상품명인 '좋은데이'를 차용하기도 한다. 신앙과 알코올은 인간의 정신을 마취시킨다는 점에서 동일하다. 깨달음이라는 각성 효과가 없는 것은 아니겠으나, 이 시에서는 동일자에 포함되는 '마취' 효과를 지닌 것으로 진술된다. 따라서 마취 상태에서는 "개처럼 짖"는 말들조차도 "개의치 않고 "좋은 생각"으로 받아들이게 되고 "사채이자에게도 호의적"인 태도를 취할 수 있게 되며, 이윽고 "좋은 생각이 좋은 모기를 낳고 좋은 어둠을 낳고/ 좋은 생활을 낳"게 될 테지만, 그런 상황은 "씨발"의 상황과 다름없게 되는 것이다. 욕설은 '좋은 생각'을 하며 살라는 일반적 통념의 요구를 뭉개버린다.

국가의 통치 이념을 승인하고 묵인하는 것이 '좋은 생각'이라면, 욕설의 사용은 국가의 통치에 저항하는 행위다. 욕설은 시민권이 부여되지 않은 언어다. 시민의 바깥에는 무엇이 있는가. 시민이면서도 시민의 자격을 얻지 못한 가난하고 배제된 자들이 있다. 아감벤은 정치체로부터 배제된 사회적 약자를 일컬어 소문자 '인민'(popolo)이라고 지칭한 바 있는데, 지배적 정치체로서의 대문자 '인민'(Popolo)은 소문자 '인민'에게 '좋은 생각'을 유포하고 강권하기 마련이다. 이때 욕설은 독신瀆神의 언어로서 지배체제에 대한 저주의 기능을 수행한다. 김효연의 시는 저주의 정동이 축적되어 방출되는 격렬한 감정을 목격케 한다.

그 씹새끼가
대갈통을 확 뿌사삘라
좆같은 새끼
와꾸 다 깨놓는다 캐라
쥐새끼가
내 앞에선 찍 소리도 몬하맨서
어데서 손모가지 놀리고 자빠졌노

아, 씨바 졸라 열 받네

개자석이

개같이 살다가 개같이 망할 씨팔놈이

호로짜썩

내 앞에 걸리기만 해라

손가락 다 짤라삔다

야 씨발, 병신시키야

머땜에 그렇게 맨날 처맞고 사노

시끄러! 입 닥쳐!

그 꼬라지로 또 나갔어

내 말 똑똑히 들어라

그 씨발쪽째비쌔끼는 내가 쥑인다

사장한테 얘기 해놓을 테니

지금 바로 가게로 와

택시 타고 오빠한테 오란 말이야!

　　―「오빠」전문

　위 시는 그야말로 욕설로 가득 차 있다. "그 씹
새끼가/ 대갈통을 확 뿌사삘라/ 좆같은 새끼"와 같
은 강렬한 경상도 억양의 욕설로 시작하는 인용시
는 상류계층의 세련된 완곡어법과는 전혀 다른 대
척점을 점유한다. 다시 말해 이 시의 욕설은 문화

자본의 감성적 위계를 파괴하는 효과를 지니며 카타르시스마저 제공한다. 시의 화자인 '오빠'는 확실히 잡것에 속한다. 그럼에도 불구하고 '오빠'는 우악스러운 힘과 강한 생명력이 있다. 무엇보다 누구에게도 굴하지 않을 것 같은 거친 기개와 호기가 있어서 이 시의 청자에 해당될 여동생이 기댈 수 있을 정도의 인물임을 짐작할 수 있다. 이를 민중의 거친 기개라고 이름 붙이기는 성급하겠으나, 상류계층의 완곡어법을 파괴하는 통쾌함이 분명히 존재한다. 욕설과 잡것의 친연성이 독신瀆神을 향해갈 때 욕설은 정치적 언어가 된다. 독신의 언어는 신神을 모독하는 언어이지만, 대부분의 사회에서 '신'은 그 사회를 지배하는 이데올로기 혹은 계급체계와 무관하지 않다. 따라서 독신의 언어는 저항의 언어이자 투쟁의 언어다. 이 시에서의 욕설은 직접적으로 독신을 향해가지는 않지만, 독신의 충분한 가능성을 지닌다. 이 시의 카타르시스는 바로 문화자본의 감성적 위계로부터 자유로운 정동적 언어의 분출에서 비롯되기 때문이다. 위계를 파괴하는 정동의 언어는 충분히 정치적이며 독신의 가능성을 지닌다. 이를 잡것들의 정동이라고 부를 수 있지 않을까. 잡것들의 정동은 자신들의 이데올로기를 획득하지 못한 채 '욕설' 속에서 그 일면을 드러내고 있는 것이다.

  이데올로기적 언어를 얻지 못한, 잡것들의 정동과 생태학. 김효연의 시가 이루고 있는 세계다. 그의 시는 정확히 여기에 도달한 것으로 보인다. 제1시집 이후 그의 시는 잡것에 해당하는 존재들의 정동에 집중하는 빈도가 높아졌다. 시인 스스로도 잡것의 반열에 들어서고자 한다. 시인은 더 이상 예술에 문화적 특권을 부여하지 않는다. 「예술활동」에서 언급하듯, "예술은 티브이 속에서 발견되고 금방 자라나"는 것으로 이미 속화된 현실의 산물에 지나지 않는다. 심지어, "시궁창 쥐야, 시 한 편만 낭독해보렴/ 오랜 출연을 위해 네 입에선 악취가 더 나야하네"라고 진술하기까지 한다. 시의 낭독은 입의 악취를 초래하고 악취가 심할수록 "오랜 출연"이 보장된다는 것이다. 이처럼 시인은 문화적 위계의 상단에 포진한 예술을 악취 투성이로 간주한다. 그렇다면 시인은 예술을 거부해야하는가. 여기서 시인의 딜레마가 발생할 것인데, 이 딜레마로부터 그의 시는 예술의 위계를 파괴하는 예술로서의 시적 위상을 획득한다. 다시 말해, 예술(시)에 대한 시인의 역설적 태도로써 악취투성이의 예술에 대한 구원이 가능하게 되는 것이다.

그는 「예술활동」의 첫줄에서 "얼음은 자신의 존재를 끝없이 의심하면서 태어나고/ 탯줄은 자라나는 영혼을 끊임없이 믿으며 죽어가네"라고 썼다. 이 역설적 문장은 시의 존재를 부정하면서도 시를 쓸 수밖에 없는 시인의 딜레마를 지시한다. 시인은 "자신의 존재를 끝없이 의심하면서 태어나는" "얼음"이면서 "자라나는" 동시에 "죽어가는" "탯줄"이다. 시인은 시의 존재를 의심하고 부정하고 있으며, 시의 영혼을 믿는 과정이 곧 죽음의 과정임을 안다. 그럼에도 시를 쓰는 까닭은 시인은 문화자본의 바깥을 지향하기 때문이다. 실제로도 그의 시는 '잡것'들로 가득 채워지며 예술의 미적 감성 바깥을 활보하고 다닌다. 그의 시는 예술집단마다 합의된 미적 감성의 범주를 탈각하는 동시에 잡것들의 생태 속으로 진입하고 있는 것이다.

> 잡년은 잡놈보다 어쩐지 더 세게 보이고
> 잡귀신은 잡어보다 좀 더 어리버리할 것 같고
> 잡상인은 잡생각을 한 번도 해보지 않은 사람일 테고
> 잡식과 잡소문은 눈이 맞아 돌아다니고
> 잡소리와 잡탕은 은근히 간이 맞고

잡꽃과 잡새는 사생아 티가 나고
잡과 붙으면 그 무엇도 무서울 게 없어

사내놈마다 건드려보고
교양머리 싹 밀어버리고
구린 돈을 털어 더 구리게 써보고
태극기에게 주먹감자도 먹여보고
갑들에게 만족도조사를 실시하고
잡과 한패 되면 아무 것도 문제없어

잡티 생기듯 어쩌다 잡이 된 잡것들
가운데 잡곡이 있고
잡지
잡시도
　　—「어쩌다 잡」 전문

　시인은 인용시에서 '잡것'들에 관심을 기울인다.
잡년, 잡놈, 잡귀신, 잡어, 잡상인, 잡생각, 잡식,
잡소문, 잡소리, 잡탕, 잡꽃, 잡새, 잡티, 잡곡, 잡
지, 잡시 등에 대한 발화가 연쇄적으로 터져나오
는 그야말로 '잡것'들의 생태학이다. 그러나 시인
은 잡것의 역능을 신뢰한다. "잡과 붙으면 그 무엇

도 무서울 게 없어"라고 말하고 있는데, '잡것들' 중에서도 가장 '잡'스러운 '잡것'은 어떤 권위나 규율을 의식하지 않는다. '잡것들'로서의 정체성은 비정체성으로서의 정체성이므로 주체의 확장성이 매우 크지 않을 수 없으며, 바로 이 때문에 '잡것들'의 생태는 정치적 역능이 잠재된 공간이라 할 수 있다. 그래서 그들은 지배계급이 강요하고 획책하는 모종의 질서에 대해서 "교양머리를 싹 밀어버리"는 것으로 저항하고 국가권위의 최고 상징이라 할 수 있는 "태극기에게 주먹감자를 먹여보"기도 하는 것이다. 그럼에도 불구하고 문화적 헤게모니에서 밀려난 잡것들의 생태는 여전히 주변부적이다. 그러나 1990년대의 키취가 그러했듯이 주변부는 예술미학의 치안(police)를 전복하는 역능(puissance)의 공간이기도 하다. 잡것들은 변두리의 모든 것이지만, 사회적으로 허용되고 인준된 미학의 경계를 파괴하고 확장할 수 있는 파괴력을 내재한다. '잡것들'의 생태는 무교양의 비천함 그 자체다. 보수주의 문화론은 '잡것'을 고급문화로 견인해야 할 저급문화로 간주함으로써 교양 교육의 대상으로 삼고 있으나, 교양의 규준을 생산하는 지배이데올로기는 사실상 허구에 지나지 않는 것이고 바로 이를 자각할 때 '잡것들'의 생태는 그 어떤 규율과 통제, 혹은 억압으로부터도 자유로운 활달한 상상력을 획득할 수 있다. '잡것들'의 문화는 레이몬드 윌리엄스의 말처럼 지배계급을 전복하는 '기나긴' 혁명 수단일 수 있는 것이다. 김효연 시인이 '잡것들'의 생태에 관심을 기울이는 까닭이라 할 수 있다.

　일생 변변한 일자리, 번듯한 가게 하나 없이도 아들, 딸, 딸, 아들 시집 장가 다 보낸 이순 씨, 멍청한 자식들 덕에 재혼은커녕 집 나간 며느리 대신 구멍 난 부엌을 차지한 이순 씨, 언니도 없는데 왜 二順인지 물어볼 부모도 아예 없어 그 만만한 이름 탓에 인간의 도리를 눈곱만큼도 거스른 적 없는 이순 씨, 내리 사흘을 앓다가 한밤중에, 굳은 감자를 베어 물며 아픔도 배고픔도 잊고 둥근 달에게 절하는 이순 씨, 기초수급금이 들어올 때마다 공손히 미안해하며 월세 먼저 바치는 이순 씨, 팔십칠 년 동안 병간호 받지 않으려 모든 병을 꼭꼭 숨겨두고 혼자서 해치우는 이순 씨, 이리 같은 자식 놈들에게 뜯기고 갈수록 커지는 구멍 속에서도 낙관적 소설책장을 넘기고 있는 이순 씨, 평생 잘 먹고 잘 살았다는 이순 씨, 자식에게 아무 것도 해준 게 없다며 일생일대 프

로젝트를 올해로써 다 끝낸 이순 씨, 회갑을 맞은 아들,
딸, 며느리, 사위까지 현금 백만 원씩을 적금처럼 쥐어
준 이순 씨,

　　아들, 딸, 딸, 아들은 이순 씨를 꿀떡 꿀떡 삼켜도
　　절대 체하지도 탈나지도 않는 이순 씨
　　　　　—「무서운 이순 씨」 전문

'이순 씨'는 우리 주변에서 흔히 있을 법한 여성이
다. 남편을 잃고도 자식들을 억척스럽게 키워내어
시집 장가 다 보냈으면서도 몸이 아파도 병원비가
아까워 병원가기를 꺼리고, 기초수급지원 대상자
인 것에 민망해하면서도 맨 먼저 월세부터 해결하
려고 하는 착하디착한 심성을 가졌으며, "이리 같
은 자식 놈들에게" 돈을 "뜯기"면서도 "평생 잘 먹
고 잘 살았다"고 말하는 노구老軀의 어머니. 여기서
주목해야 할 것은 "평생 잘 먹고 잘 살았다"고 말
할 줄 아는 삶의 강한 역능이다. 시인은 '이순 씨'
의 처연함이 아니라 강인함에서 분출되는 어떤 힘
에 주목한다. 기초수급자이면서도 "회갑을 맞은 아
들, 딸, 며느리, 사위까지 현금 백만 원씩을 적금
처럼 쥐어"주는 그 힘의 정체는 무엇일까. 네 명의

자녀가 제 어미를 "꿀떡꿀떡 삼켜도" 자신의 생애를 지탱해오고 심지어 "평생 잘 먹고 잘 살았다"는 '이순 씨'의 힘은 잡것들의 생태에서가 아니면 발견할 수 없는 종류의 것이다. 누가 봐도 가난하고 불우하고 한이 많을 듯한 '이순 씨'의 내면은 오히려 건강하게 보이며 자신의 삶을 능동적으로 살아낸 것으로 보인다.

'무서운 이순 씨'에서 '무서움'의 정체는 바로 이런 삶을 가능케 하는 역능 때문이다. '이순 씨'에게는 계급이라는 관념도, 불평등에 대한 분노도, 자본을 향한 욕망도 존재하지 않는다. 그러나 힘겨운 생애를 질기게 살아내는 억센 힘과 더불어 고통스러운 삶을 포월한 정신의 여유를 지닌다. 따라서 '이순 씨'는 배제와 소외의 어두운 그늘에서 자유로우며 연민의 대상은 더더욱 아니다. 오히려 배제와 소외 따위를 의식하지 않은 채 그것을 거뜬히 넘어서는 생명의 강한 약동을 보여주는 존재다. '이순 씨'는 잡것들의 생태 속에 억세고도 거칠게 살아있는 인민(popolo)의 잠재성 그 자체다. 잠재성은 현실화 이전의 상태일 뿐이므로, 거세되지 않는 한 지속적으로 존재한다. 따라서 '이순 씨'는 "아들, 딸, 딸, 아들은 이순 씨를 꿀떡 꿀떡 삼켜도/ 절대 체하지도 탈나지도 않는" '무서운' 존재로 비약한다. 시인의 정동은 이 비약을 통해 이데올로기적 형상을 획득하는 데 성공한다. 그것은 잡것들의 생태 속에서 길어 올린 정치적 역능의 형상이 아닐 수 없다. 시인의 정동이 구현해낼 새로운 언어적 형상들에 기대를 가지게 되는 것도 바로 이 정치성 때문이다.

2019년 10월 17일 초판 1쇄

지은이 | 김효연
펴낸이 | 강현국
펴낸곳 | 도서출판 시와반시

등록 | 2011년 10월 21일 (제25100-2011-000034호)
주소 | 대구광역시 수성구 지산로 14길 8, 101-2408호
대표전화 | 053)654-0027
팩스 | 053)622-0377
E-mail | khguk92@hanmail.net

ISBN 978-89-8345-060-9 03800

*본 도서는 2019년 부산광역시, 부산문화재단 지역문화예술 특성화지원사업
으로 지원을 받았습니다.　부산광역시 BUSAN METROPOLITAN CITY　ㅂㅅㅁㅎㅈㄷ　부산문화재단 BUSAN CULTURAL FOUNDATION